真ん中のテーブルは誰も使わない

飯野正行第Ⅴ詩集

ポエムピース

目次

真ん中のテーブルは誰も使わない

一人の青年が…

一人の青年が
コートに手を突っ込み
背を丸め
朝早く家を出る
銭湯を横切り
いつもの小径を通って
地下鉄に乗る

車内アナウンスに気をつけながら
うとうとするのが気持ちいい

大通の改札を出ると
オーロラタウンを端まで歩き
左側の階段を上がった所が会館だ

食堂の向こうの階段を降りると
うす暗い地下に古い引き戸が見える
清掃員用の休憩室だ
高齢者たちが身支度をしている
「おはようございます」
「おはよう」
彼の一日はここから始まる…

彼は清掃員

彼は清掃員
大家さんが美装会社の会長
その人の一言で決まった職場
地味な自分には合ってるよな
そう考えることもあるようだ

ほとんど高齢者
彼を入れて8名ほど
皆から「お兄ちゃん」と呼ばれる
駐車場や老人ホームの警備へ回ることも

若いせいかも知れない

街中でゴミを拾って歩く
年老いた人々の語りに耳を傾ける
そんな毎日の中で
自分の立ち位置が変わりつつある
そんな感じを彼は持ち始めているらしい…

非常階段の清掃

非常階段
T字のブラシで掃いて行く
埃が日差しに煌(きら)めく

作業しながら
窓の外に目をやる
市役所、バス停、デパート
テレビ塔も仁王立ちしている
あそこで待ち合わせたっけなぁ…

ブラシを握り替え
一段一段降りて行く
下まで行くと
かなりの埃が溜まる

出口の大きな扉に自分の姿が映る
作業服、首のタオル、
ブラシ、塵取り、籠

彼は汗を拭（ぬぐ）う
やわらかな風に
信号機のメロディーが聴こえる…

会議室の清掃

会議室では
サークルや会合が行われている

終わると
ゴミを拾い、屑かごを空にし
床のモップ掛けをする
テーブルやホワイトボードを綺麗にし
換気もする
入り口の看板もひっくり返す
当日使用しない場合は

ワックスがけもしたりする
ガムか何かが黒くこびりついている
ハケで擦り剥がす

清掃員の仕事は
地味で目立たない
けれど
意外と体力を使い
時間との勝負だ。

まずは米だ

一人暮らしに入り
彼は父の言葉を思う
「まずは米だ、米を買え」
確かにご飯があれば死ぬことはない

「米・味噌・醤油」とも言っていた
味噌汁があっておかずに醤油をかければ完璧だ
「砂糖が抜けてるぜ」と彼は言いたいところだ

押入れを開けて棚を見る

米、味噌、醤油、砂糖
それに味の素、塩コショウ、わさびまである
大金持ちだと彼は笑う

そんなこんなで
彼は給料が入ると
真っ先に米を買う。

部屋代を払いに…

古い木造の家
彼の住いはその二階
階下は大家さん夫妻だ

給料が入ると部屋代を払う
階段を降りながら
何を話そうかと苦闘する

慣れない掃除の仕事だけれど
大家さんの口利きで即決した職場

簡単に辞めるわけにも行かない
彼なりに頑張っている
一円を笑う者は一円に泣く
と言った時のあのドヤ顔にもね

判を押してもらい茶菓子をいただく
今日は珍しくお褒めの言葉
彼が真面目に働いていると言う
何だか気持ち悪い
ま、たまにはいいか…

廊下の清掃

清掃と言っても
ブラシで撫でたり
モップを掛けたりだけなら問題はない
けれど
洗剤やワックスとなるといろいろある

時には
会議室が使用されていても
しなければならないことがあり
廊下を縦に半分に仕切り

大きな扇風機で乾かしながらすることも
珍しく
言い争う声が
冗談を交えながらだが
それぞれが持ち場に真剣なわけだ
ベテランの一言に
凛とした雰囲気が流れる…

冷や飯の砂糖醤油炒め

給料日まであと十日
お米だけはいっぱいある
油と砂糖と醤油も
炒めご飯を作ればいい

食欲をそそるいい匂い
意外に旨い
分量を間違えるとドロドロになる
けれど彼は頑張る

無駄遣いした自分が悪い
けれどやるっきゃない
大変なのにさほど気にとめない
変わったやつだ

冷や飯の砂糖醤油炒めを山盛り食い
今日も行く。

勘違い

一階廊下の清掃
廊下といってもフロントがある
ロビー的な空間
丸石が埋め込まれていて
清掃しにくい

ハケで廊下を擦(こす)る
物音に顔を上げる
向こうの出入り口から
大勢の若い女性たちが

歓声を上げながらかけてくる
「俺そんなに人気あったかなぁ…」
案ずる必要はなかった
有名な歌手が彼にぶつかるようにロビーに入り
スタッフがカギをかける

ロングヘアーで
背が高く足も長い
勿論イケメン
大きなガラス戸の向こうで
大袈裟なジェスチャーで彼は言う
「どうして君たちはそうなの

でもありがとうね」

女の子たちは飛び跳ね
何かを振り回し
中には泣いている子も

彼女たちの陰で
彼は廊下を擦る
綺麗に取れる
一つ溜め息をつく
ふと見ると
そばにもう一つ何かがこびり付いている…

ステージ

眩しいライティングの中
ステージのモップ掛けをする
床の割れ目にモップが引っ掛かり
彼はうずくまる
「畜生…」

よく見ると
ステージには何人もいる
ピリッとした雰囲気の音声さん
長い棒で電球を外している人

垂れ幕の平衡（へいこう）を見ている人
進行表を見ながら打ち合わせをする人たち

誰も彼のかっこ悪さなど興味はない
自分の持ち場に真剣だ

階段を降りたところで
モップの揉（も）み洗いをする
小さな木片が手の平に刺さる
彼は苦笑いをする
「これが俺のステージだ
　ライトも当たっていたしな…」

父が歩いてくれた小径

暮れなずむ小径
静けさの中をひとり歩く
ここいい道だなぁ
思索するにはもってこいだ
彼と父は
一度この小径を歩いたことがある
昔は小川だったみたいで

家並に斜めに通っている

地下鉄を降りて少し行き
マンションの所から左に折れる

芸術家が歩く道みたいだなぁ
いい文章が浮かんできそうだ

彼の言葉によれば
「父はよくしゃべる人」らしい

子どもたちの遊ぶ声が聴こえる

長いコートが揺れる
イチョウの葉が舞い落ちる…

高岡

太美（ふとみ）駅を降りると
真っ直ぐな道の向こうに丘が見える
3キロほど先だ
その坂を上がると
犬を飼っている家があり
石狩川の河口が煌めく

曲がりくねる道の先には3軒の農家があり
一番奥に彼の住んでいた家がある
今は父が一人暮らしだ

駅から6キロの道を歩いて来たわけだ
彼の姿を見ると
「マサくん、マサくん…」と父は手を叩く
森も、プレハブの家も、煤(すす)けた壁も
床の綿ゴミも、沢の語らいも昔のままだ

夜は
父自慢の肉鍋『宇宙最大のショー』で腹いっぱい食べ
二人で雪の中を泳いだこと
互いのまつ毛のつららに笑ったこと
いろいろなバカ話に花が咲き
懐かしい部屋の

懐かしいせんべい布団にもぐりこむ

彼は月明かりに思う
ここでの経験は
きっと何かになるさ…

翌朝札幌へ帰る前に
あの電柱に
二人して石投げをしてみる
父のほうがコントロールが良かった
いつまでたっても父は凄い。

お見舞い

朝、休憩室の戸を開けると
珍しく賑やかな会話
「入院したんだってさ」
「何でよ」
「階段を転がり落ちたんだって」
「いやいやいや…」
作業服に着替えながら彼も訊ねる
「どなたのことですか？」
「館長よ」
「え⁉」

彼はとても驚く
良く館内を見回り
きちんと挨拶を返してくださる方だった

一日の仕事を終え
入院先の病院へ
包帯だらけの痛々しい姿
「今日お聞きして来させていただきました」
「あれ、どなたでしたか…」
「はい、会館の清掃員で、美装会社の者です」
「あ～いつもの…」
「はい。大変お世話になっております」

「いやいや、こちらこそ…」
一清掃員の自分を館長が覚えていてくれて
とてもうれしかった
伏しているその方の涙に
何だか得した気分だった…

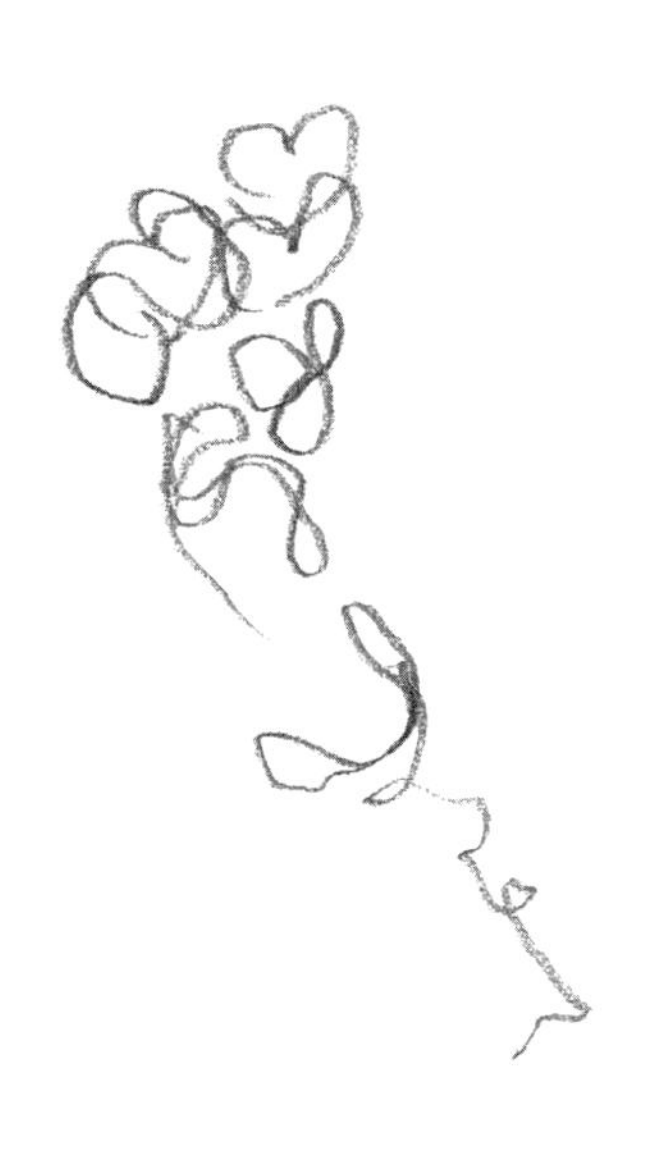

着替え

清掃員室は一つ
休憩もお昼も着替えも
すべてここでする
高齢者とは言え
男女が一つ所で着替えるのはいかがなものか

彼もそう思う
勿論着替え方はそれぞれが工夫している
（ドキッとする瞬間がないわけではないが）
隣りに物置があり

そこでの着替えも可能だ

実際の所
一番恥ずかしがっているのは彼だ
ズボンの履き替えは早回しだ
他の人々は一向に気にしていない
きっと悟りを開いているのだ。

昼休み

昼休み
地下のいつものあの部屋
真ん中のテーブルは誰も使わない
壁に背をつけ
足を延ばして弁当を食べる

早番・遅番はあるのだけれど
常時7、8名はいる
高齢者ばかりで男性は三名だ

珍しいこともあるものだ
彼が弁当を作って持ってきた
早起きしたに違いない
弁当の包みを開けようとしたとき
「お兄ちゃん、これ食べな」
勢いのあるご婦人の一声
「食費一回分浮くしょ」
確かにその通りだ
百%の善意と分かっている
けれども珍しく早起きをして
頑張って作った弁当を
自分で食べたらダメか

「愛は強制されるものではない」
と思ったのだけれど
口から出た言葉は
「ありがとうございます。 助かります」
彼はいつもこうだ

「せっかくお兄ちゃん作ったのにね…」
「若手」 のご婦人のそんな声も聞こえたのだが
目でお辞儀をして
「勢い」 からの混ぜご飯をいただく
他のご婦人たちも

自分のおかずを少しずつ出したので
誰よりも豪勢なお弁当
「盆と正月が一緒にきたみたいだな、お兄ちゃん」
リーダー格の一声に皆が笑う。

駐車場にて…

青空駐車場
行き先を聞き
場所を指示して半券を渡す
外へ出て「もう少しこちらへ」と言うこともある

芸能人を見ることもある
若い女性たちに揉みくしゃにされる姿が
限りなくうらやましい
興行会社が入る時にはちょっぴりスリルがある

月に一、二度綺麗なお姉さんが来る
首をかしげる微笑みが堪らない

昼が近づくと相方のおじさんが必ず言う
「なに食うかなぁ…」
この時のなんとも悩ましい顔がおかしい

彼のお昼はいつも地下街
オーロラタウンで毎日食べてるんだから
俺は都会人だ
と彼はいつも自分を笑う…

なかなかのドラマ…

ロールを換え
便器を拭き
モップを掛け
鏡や手洗い部分を綺麗にし
ゴミ箱を空にし
用具を持って廊下へ出る

中学時代の同級生とバッタリ
可愛らしい女の子
二人とも驚きを隠せない

飯野（いいの）君…
俺清掃員やってるんだ
そうなんだ…
じゃぁね

掃除用具をぶら下げて
よれよれの作業服で
女子トイレの前で出会うなんて
なかなかのドラマだ…

オーロラタウンの野人…

カモミールを飲み
地下街の行き交う人々を眺める

野人と呼ばれる彼
高岡での生活がよほど印象深いのだろう
この若者を見て
雪の中を泳ぐように漕いでいたとか
毎日12キロも歩いていたとか
沢の下から湧き水を汲んでいたんだとか
誰も思わないだろう

便利な生活を目指す人々が多いのに
わざわざ大自然の中に入って行く
それでいて「それが何か」てな顔だ
ここらへんが「野人」いや「変人」なのかも知れない

プリンアラモードも食べ終わる
さぁ駐車場に戻ろう
今日は遅番
相方が待っている…

いろいろな物語

老人ホームの警備
夜から朝まで
仮眠はある
定時の見回りが主なもの
朝を迎え
施設長に諸報告をして帰る

いろいろな物語がある
顎(あご)が外れたと訴えてくる老人
入居者同士のトラブル

ベッドから落ちて上がれない人
亡くなった人を運ぶことも

一番の宝物
それは
廊下や部屋の入り口での
老人たちとの会話
軽快なバカ話もあれば
せつないほどに温かなものもある
存在の深みに身を屈めるとき
彼はそんな想いになるらしい…

ちんたらおじさん

窓拭きは
息を吹きかけて擦（こす）ったりはしない
黄緑色の液体で窓を拭き
ゴムのハケで拭（ぬぐ）うだけ
とても綺麗になる
桟（さん）は雑巾で手早く拭く

たいてい細身のおじいさんとやる
ガムを噛んでいるのか
何かを食べているのか

いつも口をむしゃむしゃしている
物静かな人で
いつも青年の言葉に
「ほう、そうかい」とほほ笑む
よく小さな声で
「ちんたらやるのさ」と励ましてくれる
いつからか彼はこのおじいさんを
「ちんたらおじさん」と呼ぶようになる

寒くなるとガラス拭きも大変だ
拭いた表面がさっと凍る
熱いコーヒーを飲みたい

と思いながら鼻をかむ
ま、ちんたらやるさ…

除雪の奥義

雪が降ると
正面広場の除雪をする
人力だ
ママさんダンプで押して行く

左右の端に山にする
出来るだけ向こうへ運ぶ
周囲に落とす
少しずつ高い山になって行く

この時も
あのちんたらおじさんと一緒だ
彼が力任せにやっていると
またおじいさんは言う
「ちんたらやっていないともたんよ」
「あ、そうでしたね」と彼は笑う
「俺は若い、あんたと違うわ」と心では言うのだが
30分、40分とやっていると
さすがの彼もバテて来る

坂の途中で立ち止まり
汗を拭きながら隣りの山を見る

ちんたらおじさんが涼しい顔で山を登っている
ぷらぷらのんびり降りてまた登っている
なんか彼は負けた気がした
ちんたらやる
除雪の奥義かも知れない…

忘年会

ビルや諸施設の清掃員
各駐車場、警備
動物園や野球場など
結構な人数での忘年会
社長や支配人の挨拶のあと
乾杯して会食

酒を飲まない彼はひたすら食べる
知らない人たちのカラオケを聴きながらね

若くて目立つせいか
突然彼も歌わされる羽目に
仕方なしに『コーレ・ングラート』
しーん
歌い終わると大喝采
席に戻ると
すごい声ね、あれ何語？
などお決まりコース
けれどそれはそれで彼はさみしくなる
学生時代はもっと出たから
「ま、晩飯を食わんでいいんだから良しとするか…」

とはいえ十分に食べたわけでもない
当然彼としてのお決まりコース
部屋近くのコンビニで
大きめの甘いお菓子を買うわけだ

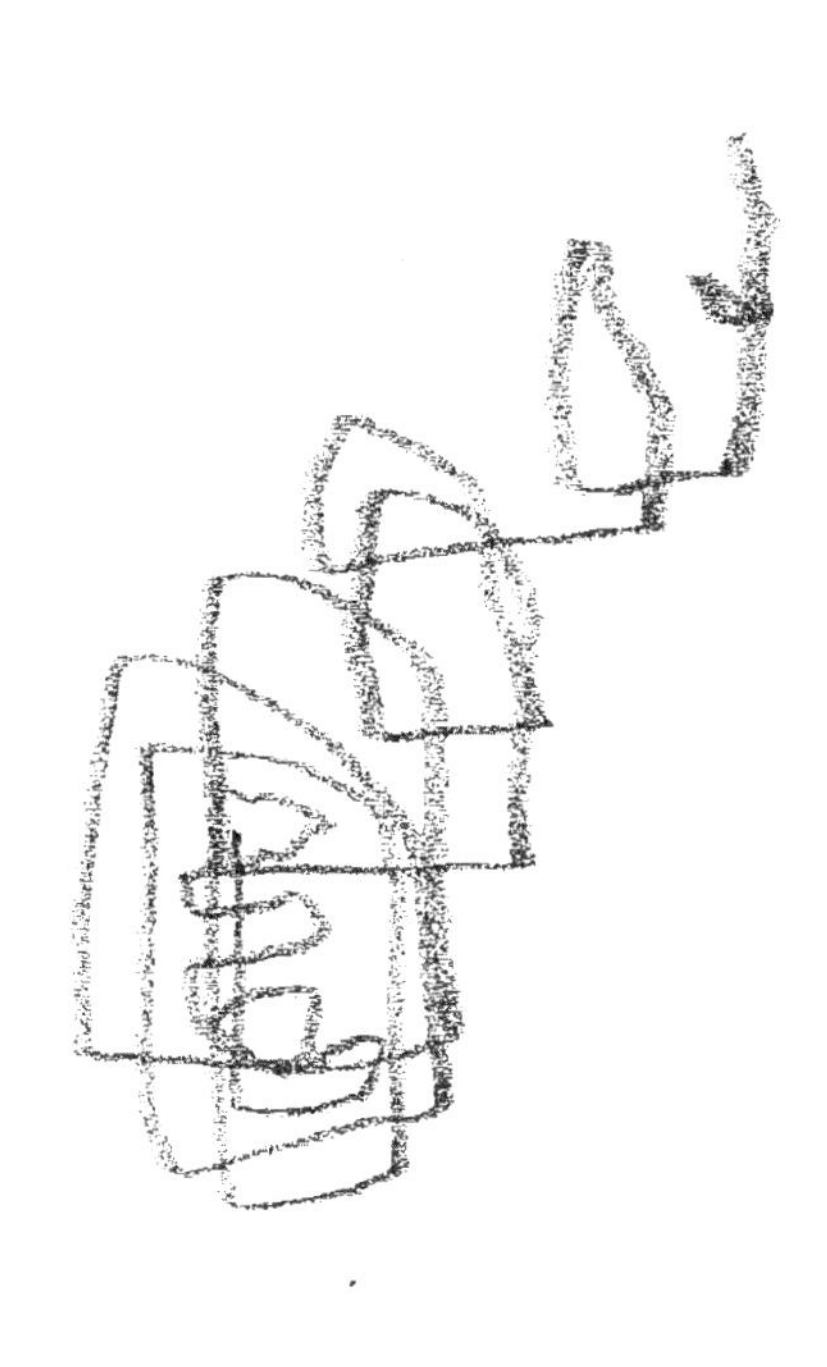

寿司屋の暖簾

給料日
今日だけは贅沢しよう
彼は暖簾をくぐる

千円でと言ったのに
高い大きなネタばかり
しゃりもでかい
大満足

意外な発見に翌日もここへ

大満足で帰るとき
板長が彼を見つめる
「兄ちゃん、
来てくださるのは有難てぇんだが
金もたねぇんじゃないですかい
ほどほどにな」

暖簾を背に流しながら
鋭い目の優しさに
彼は泣きそうになる…

枯れ葉が石畳を…

どこまでも続く小径
枯れ葉が石畳を隠し始める

彼は一つ溜め息をつき
どこかためらいがちに歩き出す

スフレってふわふわなんですよね
コーヒーか何かの上に浮いてるんですか
カップの底までふわふわなんです

若者たちがキャッチボールをする
犬を連れた老人がしゃがむ

これ食べ方あるんですかねぇ
持ってかぶりつく方もいらっしゃいますよ
何て言うんでしたっけこれ
パリブレスト
あそっか…
大きめの平べったいシュークリームですよね

貧乏男が何考えてんだか…

枯れ葉を踏みしめる音がついてくる
銭湯の煙突が見えて来る
雪虫が舞い始める…

いつもの並木道…

いつもの小径
歩き慣れた並木道
行きと帰りでは景色が違う
帰りはどこかノスタルジックで
彼の父によれば
詩人が歩いていそう
朝はマンションに向かって伸びる
明るく都会的な雰囲気

カメラに凝ると結構ハマっちゃうんですよ～
父もそうみたい
これ性能いいのにとても軽いんですよね
あ本当だ…
こんなに近づいても撮れるんです
メルヘンチックですね～

車で賑やかになり
信号機の音楽が聴こえ
地下鉄の高架線が見えて来る
さぁ仕事だ。

ただ一人のために…

暑い中
清掃作業を一日中頑張る
へろへろ状態で帰宅
押入れを開ける
ボールの中の食器にカビが
男やもめに何とかとはこのことか
我ながら嫌気がさす

一大決心をして彼は食器を洗う
大家さんに「あら一生懸命ですね〜」と笑われる

洗わないわけには行かない
いい加減な彼のくせに
洗った食器は拭かなければ気がすまない
きちんと置くと気持ちがいい

さぁ食べようと思ったら何もない
ラーメンでも食いに行こう
今日は小ライスもつけよう

ラーメン屋からの帰り
いつものあの小径を一人歩く

この小径は
やさしく悲しい
だからこそ
きっと何処かにつながっているに違いない…

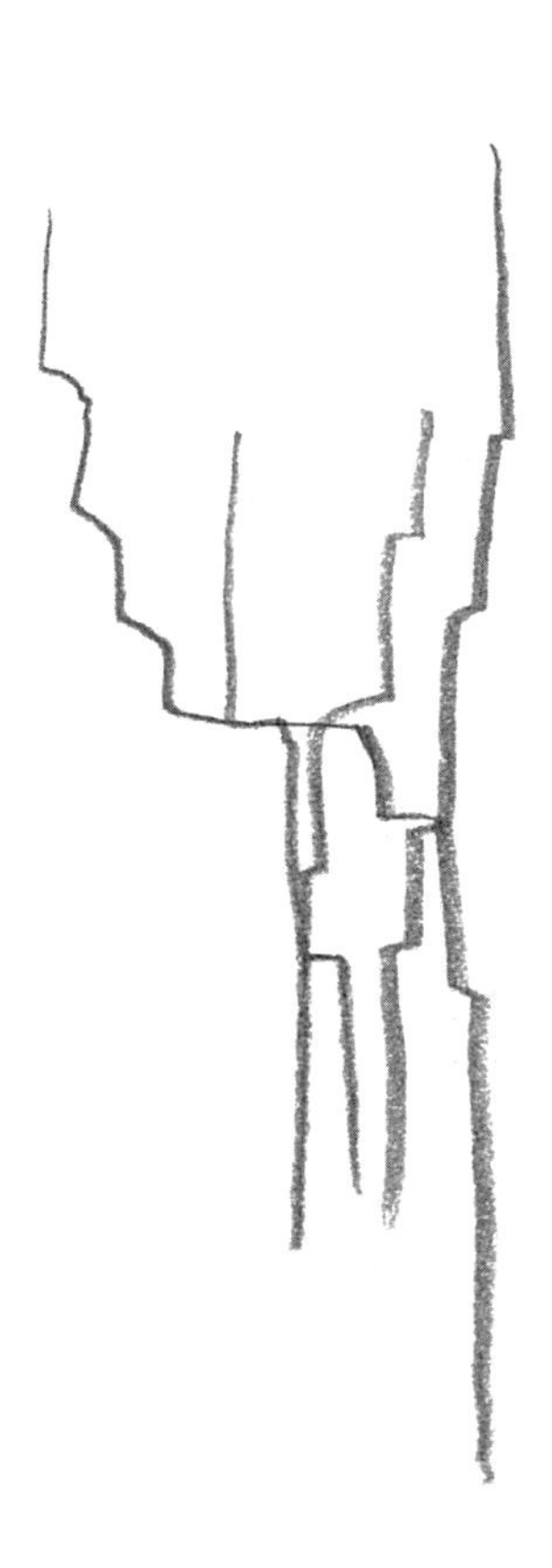

たとえば…

一人の清掃員を
詩人めいた気持ちにさせる小径
ためらいがちに歩く彼を
子どもたちが追い越して行く

たとえば
もう逢えないんだとか…
物語のような登場は

冗談だったんだとか…

あの瞬間は
夢だったんだとか…

時を忘れた語らいは
憐れみだったんだとか…

琥珀色の香りは
映画だったんだとか…

一つの時代が

終わったんだとか…
せがむ瞳は
幻だったんだとか…

彼は自分を笑う
大切なことは
今晩何にするかということ
消費期限を確かめること
お米を研ぐこと
お茶碗を洗うことだから…

ゴミ汁

催し物が終わり
籠を担いでホールへ
客席のゴミ拾いやモップ掛けだ
次の催し物が控えている時は
時間との勝負

お菓子の袋、プログラム
丸められた鼻紙、ジュースの空き瓶
中身の入った缶コーヒー
いろいろ落ちている

こびりついたガムはハケで取る

籠がいっぱいになると
裏にあるごみ集積場に捨てに行く
むき出しのゴミの山に籠を空ける
茶色く臭いゴミ汁が
肘を伝って脇まで流れる…

ゴミ拾い

今日はゴミ拾い
トングを持ち、籠を担いで外へ出る

バス停にたくさんの女子高生が並んでいる
その足もとのゴミを
トングで拾って歩く
彼女たちの笑い
ダンスのステップ
リンスの香り
眩しい肌色に　耳が赤くなる

栄養ドリンクの空き瓶
ペットボトル、雑誌
マスク、菓子パンの袋、いろいろある
目立つのは吸い殻だ

ゴミを拾いながら
案外大切なものを拾っていたりして
などとキザなことを考えているようだ…

恋人の囁き

間借りしている家を出ると
すぐ前が自衛隊の柵
玄関を閉めると
決まって起床ラッパが鳴る
さぁ始まりと彼も思う
寝（ね）ぼけ眼（まなこ）にはあまりにも不釣り合いなので
彼はこのラッパを
「恋人の囁き」と笑うようになる

いつもの小径を
いつものように歩いて行く
今朝もまた
老人は小犬を連れ
婦人は花壇を整備し
若者たちは走る

清掃員、駐車場、夜警で一週間は過ぎ
毎日同じ小径を帰って来る

今日は寝坊
朝飯は食えなかった

頭をつんざく「恋人の囁き」
何とも言えない表情で
彼は一人微笑む
さぁ今日も始まる…

あとがき

多くの職に就きました。弱さの表れかも知れません。それ以外の事情もあるのかも知れません。何れにせよ、新しい仕事に慣れるまで時間がかかりましたし、いつも新人で当然給料も多くはなく、無駄遣いもあったのでしょうが、月々のやり繰りに苦労しました。

お金の悲しみと孤独の中で過ごす期間が長かったのですが、性格的にどこかぼーっとしていて、明るい部分もあって、ある考えが心の中に浮かんで来たのです。事情の違いはあっても、苦労している人、貧しさや孤独の中で頑張っている人が必ずどこかにいるはずだ、その人に光を当てたいと。生活苦の中にある人、下積みの苦労の中にある人、何らかの事情によって低みに生きている人、食いつないでいる孤独な人に、慰めと希望を手にしていただけるような詩を書きたいと。

詩集を出すのですから、勿論多くの方々にお読みいただきたいと思います。けれども偽らざる真実な願いは、苦労している、食いつないでいる、孤独な人に、この詩集が届くことです。苦労している、孤独な、ただ一人の人のために、この詩集を私は書いたのです。

飯野正行（いいの・まさゆき）

詩人、日本聖公会司祭

2016年9月　第I詩集『こころから』
2018年4月　第II詩集『せつないほどに』
2020年4月　第III詩集『ひごとに』
2022年4月　第IV詩集『零れるような光の中で』を出版。
本書は第V詩集である。

1957年（昭和32年）4月17日札幌生まれ。小学6年生のときに母を亡くし、高校2年のときに父と2人で引越した当別町字高岡での経験が詩的感性に大きな影響を与えた。同時期にキリスト教の洗礼を受ける。

高校卒業後、多くの職に就いた。この頃の経験や高岡での暮らしを題材に、後に数十篇の詩が生まれた。

神学校は北海道聖書学院卒業。京都ウイリアムズ神学館修了。

東日本大震災の時には被災地支援活動に従事。

6年間の里親生活を経て、2012年（平成24年）網走市潮見に『ファミリーホームのあ』を開設。夫人が代表者となり幼な子たちと生活を共にしている。

釜石神愛幼児学園園歌『釜石の天使』作詞者。

真ん中のテーブルは誰も使わない

飯野正行第Ⅴ詩集

2024年4月30日　初版第1刷

著　者　飯野正行
発行人　松崎義行
発　行　ポエムピース
東京都杉並区高円寺南4-26-12 福丸ビル6F
〒166-0003
TEL03-5913-9172　FAX03-5913-8011
装　画　yukino
編　集　春日那由良
装　幀　洪十六
印刷・製本 株式会社上野印刷所
落丁・乱丁本は弊社宛にお送りください。送料弊社負担でお取り替えいたします。

ISBN978-4-908827-87-7 C0095